岁月如磐

张希文 著

黄河出版传媒集团
阳光出版社

图书在版编目（CIP）数据

岁月如磐 / 张希文著. -- 银川 : 阳光出版社,
2024. 8. -- ISBN 978-7-5525-7319-0
Ⅰ. I227
中国国家版本馆CIP数据核字第20249VT235号

岁月如磐　　张希文　著

责任编辑　杨　皎　赵维娟
封面设计　鸿儒文轩 · 末末美书
责任印制　岳建宁

黄河出版传媒集团
阳　光　出　版　社　出版发行

出 版 人　薛文斌
地　　址　宁夏银川市北京东路139号出版大厦（750001）
网　　址　http：//www.ygchbs.com
网上书店　http：//shop129132959.taobao.com
电子信箱　yangguangchubanshe@163.com
邮购电话　0951–5047283
经　　销　全国新华书店
印刷装订　三河市华东印刷有限公司
印刷委托书号　（宁）0029586

开　　本　787 mm × 1092 mm　1/32
印　　张　5.25
字　　数　80千字
版　　次　2024年8月第1版
印　　次　2024年8月第1次印刷
书　　号　ISBN 978-7-5525-7319-0
定　　价　58.00元

序：我的文学之梦

一

“青青子衿，悠悠我心。”

我们每一个人都有一个梦想。我从小就做着一个关于文学的梦。这个梦想，一直在路上。

文学，它是火炬，它是灯塔，它是远方。在为它而奔赴的路上，有荆棘坎坷，有苦辣辛酸，也有耕耘收获的甘甜。对于热爱文学的人来说，它是一种情怀、一种追求、一种目标，更是一项须为此付出心血汗水乃至为之奋斗不息的崇高事业。

为了这个目标，我一直在眺望，也一直在奔跑。

我最初的文学启蒙读物，应该是初中语文课本里那一篇篇照亮我心灵的优美课文（那时的课外读物很少）。我至今仍记得，有朱自清的《春》、闻一多的《天上的街市》和一些古诗词等。这一篇篇美文是一把把火炬，燃烧了一个少年追逐文学的心，引领他笨拙地向着一个目标踉踉跄跄地前行。高中阶段，随着年龄的增长，我对文学作品的阅读理解能力比以前有了较大提高。我把大量的时间和精力用在读好、学好语文课上的各类文章和知识上；在点点闲暇时间，只要能够找到课外文学书刊，我都如获至宝，如饥似渴地阅读，用心揣摩学习钟爱的文章。每读到好的段落和精彩句子，我都会用笔记下来，以期再读。记忆里，那几年，我的语文成绩在班里算是很好的，作文也常被当作范文在班里读。

一条文学之路，正在我的前面悄悄铺展开来。

最难忘记的，还是当初校园投稿的那些点滴往事。

20 世纪 80 年代，一个值得怀念的文学时代。这个时期，是中国文学空前繁荣昌盛的时期。大量引人注目的文学刊物、文学作品如雨后春笋般涌现在读者面前，全社会好像到处都是文学青年，人们谈论小说人物、诵读优秀诗歌，相互借阅文学书籍和报纸杂志……在这个文学“黄金年代”，我也被这股汹涌的文学浪潮深深地“席卷”进去了。渐渐地，随着阅读和写作的日积月累，我开始尝试写一些散文、诗歌、议论文等小文章去投稿。每写作一篇稿子都苦思冥想，如何构思、布局，历经多次撕了写、写了撕，才能完成初稿。经多次修改后再认真地一笔一画誊写在稿纸上，最后通过邮局投往一些报纸杂志。每次稿件寄走后，心里是满怀希望地等啊等，等了好久好久，最后的结局都是一个：泥牛入海。

经数十次投稿，屡战屡败，屡败屡战。正当我为投稿失意徘徊，快要放弃的时候，也许是上苍眷顾我，最终，我的一篇议论文《“无所谓”之我见》发表在全国性刊物《作文》上（这是我中学时期发表的唯一一篇习作）。《作文》是面向全国中学生发行的刊物，对于当时还是一名学生的我来说，对它是只有顶礼膜拜的份儿，像一座山峰，只能望其项背。如今能在这个刊物上发表自己的习作，多年的愿望终于变为现实。这对我来说，真的是一个极大的惊喜，也是一个莫大的鼓舞。它点燃了我心中那丝丝尚存的文学之梦，在我个人的文学道路上具有重要的里程碑意义。从此以后，我深一脚浅一脚地踏进了文学的大门，开始了我的创作之路。

“人生的道路虽然漫长，但紧要处常常只有几步，特别是当人年轻的时候。”

对于生在农村、长在农村的青年人来说，想改变终日面朝黄土背朝天的命运，摆在眼前的路不外乎两条：一是高考，二是参军。我通过高考改变命运的路被阻断了，那就到军营这个火热的大熔炉里接受历练、迎接挑战、实现梦想吧。

曾经年少爱追梦。带着从军的梦想，带上家人的嘱托。青春少年的我，挥手告别家乡，来到兵营。稚嫩的我，历千辛，尝万苦；酬满志，壮未休。矢志在军营饮马端枪，报国建功。

那年春天，我告别家乡入伍来到北京。我为我能成为这支英雄部队的一员感到骄傲和自豪！紧张忙碌的军营生活，热火朝天的国防建设工地，给我带来莫大的新鲜体验，也激发了我文学创作的热情。它如一盏灯，照亮我崭新的从军路；如七彩的丝绳，编织我人生的梦。

因为热爱，所以坚持。我的文学之梦的航船，再次起锚了。

这个时期，是我从事新闻写作、文学创作的活跃期。在《人民日报》《解放军报》《光明日报》等报纸杂志发表通讯、报告文学、消息等新闻作品数百篇，发表诗歌、政论文、散文等近百篇。其中，一篇通讯在《人民日报》发表；一篇报告文学《巨塔托举飞天梦》入选全国报告文学学会主编的《共和国的脊梁》一书并获优秀作品奖。由于成绩较突出，多次被评为新闻报道工作先进个人。

2006 年，我主动申请转业。到地方工作后，因岗位变化，我再也没写过新闻类的文章。但是，诗歌、议论文之类的创作我还在坚持着，一直没有停歇。这期间，我写了为数不少的诗歌作品，有长诗、短诗，还有古体诗等。

特别值得一提的是，2013 年，我撰写的评论文章《“自画像”要经得起群众打量》在 11 月 18 日《人民日报》头版发表，引起较大反响。这是迄今为止，我发表文章的“天花板”。

星光不问赶路人。回顾我跌跌撞撞走过的二十多年的文学之路，从一开始时的懵懂、迷茫，到后来的觉醒、实践和小有成果，其间所有的辛勤付出、尝到的辛酸苦涩以及那份快乐，我心自知。

有些路，你必须要一个人走；这不是孤独，而是选择和拥有……

二

在文学这座姹紫嫣红的大花园中，诗歌是其中璀璨绚烂的一朵奇葩，它以独特的艺术魅力独树一帜，给人们带来美和艺术的享受，也俘获了喜爱它的芸芸众生的心。

诗言志，歌咏言。诗歌的本质是“一场语言和心灵的探索”。诗歌，吸引着我；诗歌，一直在我心中铺路。

人生长路漫漫。走过风雨，走过春秋，无以所求，我以我心写岁稠。这么多年来，无论是生活在艰苦之中还是顺境之下，我都时不时地会拿起手中的笔，用心捕捉、采撷那些绽放在生活土壤中的“灵感”之花。我用诗歌触摸感悟历史的沧桑巨变，用诗歌书写人生旅途的悲与欢，用诗歌描摹江河山岳的壮美瑰丽，用诗歌诉说那萦绕心头的缕缕乡愁……

我把所思所想、所感所念，都融入笔端，汇入心田，见诸文字……于是，就有了《岁月如磐》这部诗集的诞生。这是一部以抒写个人家国情怀为主要内容的诗集。诗集内容共分为四辑：第一辑“史痕钩沉·踏歌吟行”；第二辑“山河远眺·四季风铃”；第三辑“羁旅微澜·感悟人生”；第四辑“故园拾穗·乡野韵风”。

峥嵘岁月风云涌，千秋凛然唱大风。

第一辑，我用饱含深情的笔墨，以南昌起义、井冈山根据地建立、红军过雪山草地等一些革命历史事件为主题，讴歌了人民军队英勇无畏、不怕牺牲的革命精神，表达了对革命先烈和英雄人物的热情赞颂和深切缅怀。整体文字深沉细腻，传达的感情浓烈而深厚。如《我写下的草地》一文，对红军长征过草地这个历史大事件，从细节处入笔，描摹深刻，用情入微，文字温润，可及读者灵魂。

我写下的草地

过去了多少蹉跎岁月
感知无数次生命悲喜
我的心依然没能走出
那片暗与昼　生与死交织的草地
仿佛有谁　在等我
我又在祭奠谁
每一次回眸
都是一次心灵的战栗

一支队伍　走过的万水千山

铸就一曲奇绝壮美的万世悲歌

我从哽咽的历史教科书中　追寻

历史的巨手　握住了泣血的那片草地

松潘　毛儿盖　还有若儿盖

关于草地的往事和记忆太多

我的仰望　沉思和叹息　也太多

…………

那一支队伍　踏入草地的时候

这一大片的草地啊　阴霾浓重

天穹泼出来的寒凉　阴森森的

黑加深了黑　冷加深了冷

艰难行军的人　迎着风站稳

几天几夜过去　干粮袋子空了

能吃的野菜　尽被寻来充饥

……

饿得瘦骨嶙峋的你　拖着疲惫的身躯
踯躅地向前迈出每一步
……
枯草掩盖下的沼泽　太深了
你的每一步都走向陷落　越陷越深
一只手拽住另一只手之间　生与死之间
其实就是一把青稞面　或几株能吃的野菜
所能拯救的距离
很多时候　大雨滂沱　天色忽暗
一些事情在不经意间发生
一个个沼泽　一个个死亡之海
它吞噬　淹没了你的身躯
它吞噬　淹没了无数的你
…………

我们这个从苦难中崛起的国家，从未忘记那些为民族独立、人民自由幸福而浴血奋战、视死如归、舍身报国的英雄。英烈的功勋彪炳史册，光耀千秋。如《纪念碑》一文，我从多维度、多角度出笔，描摹“一寸山河一寸血、一抔热土一抔魂”的感人场景，抒发了对先烈的无比崇敬和怀念之情，纸短情长，引人深思。

纪念碑

世界上有种种石头
花岗岩　汉白玉　还有小石块
人们把它做成各式各样的纪念碑
这一块块刻字或不刻字的石头
它熟悉英雄躺下长眠的姿势
石头与死相依
以光荣命名
把英雄的名字背负
石头坚硬　看不出一点伤的痕迹
却让我不敢触摸
人们祭拜的目光　全是仰望

透过高大的松柏　看见一种信仰

…………

我常常深陷于　对英雄的怀念之中

我一遍一遍　回忆整理那些思绪

我拥有一支记录之笔

把那些故去的战火及火中的一切

把尘封的一个个战斗故事

书写成每一章　每一行　每一个标点

补记为我重拾记忆的诗篇

……

此刻　在这清冷的石头雕像面前

我触摸雕像的手　有些颤抖

我扶住我自己　我怕我会哭得不醒

我躬下的身躯　有丝丝的酸痛

我遗憾不能抱住你哭

只看得见你的肖像、很温馨动人

一个个石碑　一个个名字

住进了我的心里

我一转身　泪水流了一地

锦绣风光美如画，大好江山尽展花。

第二辑是我对所游历过的祖国大好河山，表达由衷的赞美、热爱之情。我在工作之余，曾到全国一些名胜古迹、自然和人文景观观光旅游。途中所见所感甚多，时以记之，抒发对人生、社会、哲理的感悟。

如《卢沟桥》一文，既描写了京西著名风景名胜卢沟桥的自然风光，也对1937年发生在这里的震惊中外的“卢沟桥事变”进行拷问、反思。整首诗语言平实，以情代入，娓娓而谈，思想深刻。

卢沟桥

……

啊　卢沟桥

你这英雄的桥　有血性的桥

谁来为你歌唱　谁来为你悲伤
请接受我微不足道的颂扬
此刻　我坐在青石板上　任思绪飞扬
一座桥　犹如一个字贴在一座城市的面孔上
犹如　贴在我的心上
我有多么疼痛　就有多么惆怅
于此　我只能这么朴实地写下你
写下桥的古老沧桑
写下狮子的威严悲壮
写下雕刻在此的那些血肉战事
以及巨大安宁笼罩下的血色夕阳
这时　一只鸽子飞上我的肩膀
这洁白的精灵　眼噙战栗的泪水
也撷来故乡泥土的芬芳
啊　鸽子
我借你去赞美和平与阳光

再看《兵马俑》，我通过对秦始皇陵兵马俑坑的细致描述，侧面描写了秦朝百姓生活的异常艰辛和悲惨遭遇，表达了对他们的深刻同情之心。

兵马俑

……

秦时明月汉时关

万里长征人未还

俑坑里　容纳了征人灰暗的岁月

这里是一个沉寂而拥挤的世界

谁和谁紧挨着　就这样站着跪着

谁看见谁脸上更苍老的皱纹

命运的裂缝和脸色一样苍白

心的伤口从未愈合

一生被战争　兵役所驱使

所有的俑人　所有的忍者

他本是少年　或是书生

你本是农夫　年已老朽

战事从来急　悉被征边戍

生知何时生　死不知何时已

生时冲锋陷阵　死为殉葬挺身

……

青海长云暗雪山，孤城遥望玉门关。

第三辑是我对军旅生涯的一次回望，抒写了自己对军营生活的热爱、对人生的感悟。我曾在部队服役十余载，从一名普通战士成长为一名营级军官。这段军旅生活给我的人生画上了精彩的一笔，给我留下的记忆也是最深刻的。“战斗在深山峡谷，奉献在荒野戈壁……”我有幸曾跟随大部队转战祖国东北荒原、西北大漠等地。这里的条件十分艰苦，气候恶劣，生活条件较差。官兵们发扬“特别能吃苦、特别能战斗”的精神，克服常人难以想象的种种困难，以血肉之躯，以忠诚之念，攻下了一个又一个施工难题，创造了一个又一个工程建设奇迹。如《发射塔下的情思》一文，我以建设某航天发射阵地亲历者的身份，回顾了工程建设的艰苦历程以及对塔架的深深眷恋之情。“唯经历者，方知其艰辛”。这首诗，语言温和，有温度，有张力，用情深而真，读来感人至深。

发射塔下的情思

……

问天阁　英雄航天员出征的地方
每一次出征　都是一次欢呼
每一次出征　都是一次挑战
欢呼中伴着泪水　伴着祝愿
在这里　告别了送行的人群
带着国人的殷殷期盼和嘱托
英雄们勇往直前地往发射塔奔去
走向通往太空的路
这一路　这一程

时间是那么漫长　却又是那么短暂
火箭飞船组合体被塔架脐带塔紧紧搂住
为你挡住风雨　为你依依不舍
像极了母亲那温暖的胸怀
发射倒计时　是最揪心的时刻
当指挥员一声“点火”的号令传来
霎时烈焰腾空　大地一阵颤抖
火箭飞船直冲云霄　遨游宇宙
为了人类的和平
中国人来到太空了
人们为一次次发射成功而欢庆
每当看到载人飞船发射
看到自己亲手建造的塔架将航天员送入太空
我由衷地感到无比自豪和光荣
一次次的辉煌　一次次的阵痛
发射塔　沐淬火涅槃重生
那曾经的辉煌

那曾经的故事

都存在记忆里

这是国家记忆　国之荣耀

…………

青山一道同风雨，明月何曾是两乡。

第四辑写作的主题是故土和乡愁。对故土的眷恋，可以说是人类共同而永恒的情感。古今中外，在汗牛充栋的文学作品中，乡愁也是一个永恒的话题。很多人为了生计，为了理想，背井离乡，离开自己热爱的故土和亲人。去国怀乡，眷恋故土，乃属人之常情。远离故乡的游子、漂泊者，每个人心中都藏有一份绵绵的乡愁。这份愁，是家乡的袅袅炊烟，是妈妈的亲切呼唤，是童年的欢笑，是曾经的一切过往，是珍存的美好记忆，是割舍不断的一缕又一缕情思……对于离家三十多年的我来说，也常常思念故乡，并且随着年龄的增长，这种思乡之情愈发浓烈。这情是真诚的、纯净的，是发自内心的，也是藏匿于心底的，是躲不开、挥不去的浓浓情怀。乡愁不知所起，也许是一件东西，让你的心田突然涌起一股乡愁；也许是一个景物，令人感慨乡愁如影随形；也许是一个声音，令你久违的乡愁突然爆发，不可抑制。

小满时节，在某天上班路上，我“走在这喧闹拥挤的都市／熙熙攘攘的人群潮汐般涌流／步履总是那么匆匆／驻足间　忽然听到城市上空布谷鸟的叫声／我知道家乡的小麦快熟了／它是在喊我回去收割／……”一声布谷鸟的叫声，忽然唤醒了我几近沉睡的思乡情感，于是，当天我一蹴而就，写下了这首诗——《家乡，此刻被你唤醒》。

某一天晚上，我在家中无意中看到了《中国国家地理》刊载的一张照片。照片表现的是，湖北秭归农民刘敏华因为三峡大坝工程，举家移民搬迁。离乡前，他放不下种在家门前那棵正开花的桃树，小心翼翼地用背篓背上它，带着它一起前往新的家。这张照片以强烈的视觉刺激瞬间打动了我，引起我强烈的思想共鸣：“春暖花开的日子里，总有一份情愫能撼动我们的心。”于是，我当晚挥笔写下《背上一棵树告别故乡》一诗：

早春三月　草木芳菲
秭归坛子岭上桃花盛开
三峡库区的风轻柔而张狂
你的心陷入移民搬迁的故事里
陷入故土难离的情感偾张
流浪的风　诉说一个人的孤独忧伤
一座山　一条江
一棵树　一角小巷
都是你的挂牵你的不舍你的惆怅
家门口这棵桃树正沐浴春雨阳光
本来你要跟它交谈　告别
春风十里不如你
你心中种下了爱的种子
你决定爱上这棵树

就像爱亲人一样
给它温暖和新生的希望

你于是背着它　背着一个春天
伴桃花灼灼　远奔他乡
屋墙斑驳　映衬着夕阳金黄的柔光
背篓里这株桃树涨红了脸　鲜花怒放
一幅山水画与一个人的灵魂邂逅
感动了岁月　惊艳了时光
一个男人的柔情
散发直抵人心的力量
这个瞬间　抵得过泪落两行
你低垂的眼神　似把心事深藏
也浸染动人的甜蜜和哀伤

春暖花开的日子里
总有一种情愫闪耀着光芒

除了凄美

谁不在地久天长

三

四季如歌，年年月月；人间万事，岁月蹉跎。

风雨如磐，人生多艰；心向征途，踔厉向前。

承蒙岁月不弃，赐我一路荆棘。在为梦想而前行的路上，洒下过多少辛勤的汗水，也曾无数次伤悲叹息。只为那逝去的宝贵，生命的不易；只为那青春和生命的影像里，写满奋斗者不屈的足迹。

回首过往，感谢文学，感谢生命，感谢岁月！和文学相伴的日子，总是幸福和快乐的。我在享受那幸福，体味那快乐。

梦很长，路很远，我还在路上。

学无涯，而知也无涯。我平常喜欢写一点文字和诗歌，纯属个人业余爱好，自学自悟，自娱自乐。我深知自己水平和能力有限。本诗集中的作品，定有诸多不尽如人意的地方，还请广大读者批评指正。

诗集即将付梓之际，在此特别要感谢给予我文学启蒙和谆谆教诲的老师，真诚感谢部队首长、战友和同事的扶持、鼓励，感谢家人的陪伴和支持！

张希文

2023 年 10 月于北京

（张希文，江苏徐州人，曾在部队服役，后转业地方工作。现居北京。）

目录

Contents

第一辑 史痕钩沉·踏歌吟行

第二辑　山河远眺·四季风铃

第三辑　羁旅微澜·感悟人生

第四辑　故园拾穗·乡野韵风

第一辑

史痕钩沉·踏歌吟行

南昌　南昌

晨钟
响彻在一座城的上空
将还在酣睡的人们唤醒
火把
长夜中擎起的明灯
照亮那时灰暗的夜空
那震天的第一声枪响
如一把血刃钢刀
刺破寒夜的狰狞
心的呐喊和惊天搏斗
冒着敌人炮火冲锋　冲锋
“枪杆子里面出政权”

弥足珍贵的第一次觉醒
我要拯救　我要拯救
满目疮痍的人间和苍生
长满荆棘的土地和生命

南昌　英雄之城
南昌　先锋之城
那钟声凝着血色　敲响黎明
那火把点燃信仰　引领众生
生死之间的暗夜　希望在升腾
我的记忆浓郁如旧
那段历史铭记在胸
教科书里　朗朗诵读的赞颂
八一广场　人们在默默怀念英雄
南昌　南昌
我在呼唤你
犹如呼喊我的父辈和弟兄

八月的大地　八月的话题
今日的山河如此妩媚多情
一段历史被掩埋
一座城市被重塑
被累累刀伤吻过的时光
记取了一切的荣耀和牺牲
被荡漾春风拂过的时光
也记取了这座城市的英名

发表于《人民司法·天平文化月刊》
2022 年 8 月第 24 期

井冈山

八百里罗霄山脉绵延锦绣
风起山冈　翠竹招手
远方　一支队伍踏荆寻路
风　在黄昏的暮色里对他们说
来吧　这里是你们的归宿
听吧　让我给你唱一首摇篮曲

井冈山　井冈山
一个红色的名字
一个传奇的名字
一个孕育革命的伟大母亲的名字
雍容于南方苍翠的山林间

静卧的长长曲线美丽无边
母亲的高贵　母亲的圣洁
那是一段温情而神秘的文字
这长满金子的土地啊
这长满糖和养分的土地啊
这长满神话和故事的土地啊
这片土地　用热血写满苦难岁月
这片土地　用红色铸就辉煌历史

风儿　请带我到高冈
站在这迷雾而接近太阳的山顶
犹可见　当年狂飙起处
峰峦如聚　旌旗飞扬
那支从莲花县转兵而来的队伍
镰刀斧头旗插上了宁冈
高山峻岭藏下千军万马
打土豪分田地休养生息

风儿　请带我到山溪
站在这曾布满硝烟的一隅
我仿佛听见黄洋界上炮声隆
重现了反“围剿”鏖战的每一幕
闻到了红米饭南瓜汤的醇香
看见茅坪八角楼不息的灯光

革命的旗帜　飘扬在井冈山上
不屈的信仰　闪着金色的光芒
井冈山　井冈山
雄伟的高山　俊俏的高山
青山青　黄河黄
此心安处即吾乡
当我凝视山野　一些花朵正在绽放
这巨大而温热的山体　俯视我的双眼
给我思想的骨骼　以无穷的力量
我的心泛起波澜　眼神充满渴望

感觉到风　还浸着那些战斗的痕迹
一路芳华走过　诸多往事沉默
有人怀念如斯　有人已经遗忘
硝烟渐远　这些战史铸成了铅字文章
山谷清风　还在吟唱那段岁月的荣光

井冈山啊　井冈山
我在山顶倾听　我在山间高唱
我对一座山顶礼膜拜
我对一种精神无比信仰
就让这风儿　带去我如诉的颂扬
我纵情歌唱你大海般的深情
我纵情礼赞你母亲般的胸膛
红色的种子永远埋在我心里
那段血泪的历史永记在心上

怀揣一座座雪山的名字

我不敢轻易喊出它们的名字
当我写下它们
天空就黯淡下来
就有一片乌云笼罩四野
就好似看见有雪崩来临

雪山　穿越历史时空的血色铿锵
见证了一支队伍跋涉的悲壮
承载震惊世界的一段段传奇
面对雪山　我只有沉默和敬仰

高原风瑟瑟　四野雪茫茫

那一年
头戴八角帽　脚穿草鞋的红军队伍
翻越过的雪山
有一串儿名字　却都是好听的名字
夹金山　梦笔山　玉龙山　亚克夏山
它们　在讲述感动世界的一个个故事
在我永不凋谢的记忆里
鲜活着　一个个英雄倒下的身姿

一支队伍征服的壮举
书写了世界行军史上无以企及的地标高度
海拔四千多米的雪山
终年积雪　空气稀薄
时常有狂风暴虐　冰雹雪崩
一路作战的艰辛　长途跋涉的疲惫
红军战士草鞋单衣　食不果腹　忍饥受冻
这是对红军生存意志和生命极限最严酷的挑战

精疲力竭的战士　向更高处攀爬
狂风像刀子　从四面八方袭来
怒吼肆虐　撕扯着红军的衣衫
饥寒交迫中　不断有人倒下
狂风把体弱的战士卷进深谷
厚厚积雪　覆盖了他们的身躯
亚克夏山
藏语之意是“连牦牛都不能翻过去的山”
红军一个建制班十二名战士
夜晚宿营在山坳　一个个被冻成冰雕
征战哪怕雪山寒　献出英雄傲岸身

从那时起
多少年过去了
雪山　依然是我心中永恒的痛
红色血脉赓续　这痛楚如胎记
刻在我温暖而坚贞的身躯里

我常在梦中　一次次来到雪山
站在雪山之巅
看白雪皑皑　覆盖了历史的痕迹
河流是雪　山川是雪　大地是雪
一望无际的雪啊
一望无际的白和红
一望无际地刺痛我的眼睛
夜晚　看流星如银　雪域高原沉寂
月照如水　宛如我瞬间的心事
此时　仿佛听到一声天籁般的灵魂回声
当我喊出　一个叫红军的名字
整座山上的雪　就纷纷扬扬地化了

一直沉默而热烈的我
心里常揣着这些雪山的名字
“低头看看　这燃烧的诗篇

每一个字　都是我的眼泪”

发表于《人民司法·天平文化月刊》
2022 年 9 月第 27 期

我写下的草地

过去了多少蹉跎岁月
感知无数次生命悲喜
我的心依然没能走出
那片暗与昼　生与死交织的草地
仿佛有谁　在等我
我又在祭奠谁
每一次回眸
都是一次心灵的战栗

一支队伍　走过的万水千山
铸就一曲奇绝壮美的万世悲歌
我从哽咽的历史教科书中　追寻

历史的巨手　握住了泣血的那片草地
松潘　毛儿盖　还有若儿盖
关于草地的往事和记忆太多
我的仰望　沉思和叹息　也太多

那一年　那一月
那段血泪的历史　永远记得
刚刚翻越雪山　转战而来的一支支队伍
要徒步穿过这片无边草地
前行路上　布满荆棘
每一个黎明和傍晚
每一个白天和黑夜
空气中弥漫着时空凝滞的味道
面对草地　时光倏忽
仿佛跨越一个深不可测的宇宙黑洞
走过去　是胜利　是欢呼　是新生
倒下去　是毁灭　是扼腕　是牺牲

藏嵩草　乌拉苔　海韭菜等众多植物
铺垫成的　一簇簇草甸下
积水淤黑　泥泞不堪
浅处没膝　深处没顶
一望无际的水草　泥潭　沼泽
被一团团浓雾罩着　泛着白光
地心深处　潜伏的魔鬼在狰狞
一张血盆大口
似要吞噬人世间的一切

那一支队伍　踏入草地的时候
这一大片的草地啊　阴霾浓重
天穹泼出来的寒凉　阴森森的
黑加深了黑　冷加深了冷
艰难行军的人　迎着风站稳
几天几夜过去　干粮袋子空了

能吃的野菜　尽被寻来充饥
树皮　草根　和煮熟的皮带
实在难以下咽　总是饥肠辘辘
饿得瘦骨嶙峋的你　拖着疲惫的身躯
踯躅地向前迈出每一步
走着走着　人就掉队了
走着走着　人就倒下了
枯草掩盖下的沼泽　太深了
你的每一步都走向陷落　越陷越深
一只手拽住另一只手之间　生与死之间
其实就是一把青稞面　或几株能吃的野菜
所能拯救的距离
很多时候　大雨滂沱　天色忽暗
一些事情在不经意间发生
一个个沼泽　一个个死亡之海
它吞噬　淹没了你的身躯
它吞噬　淹没了无数的你

走出险象环生的茫茫草地
班佑地区的天　亮了
回首历经的种种苦难
心口的疼痛还在上演
告别　抑或沉默
剧烈的痛　像铅一样沉重
哭声早已沙哑　泪已风干
重整旗鼓的队伍
一路向北挺进　挺进
看见了远处的溪流　城堡和烽燧
满坡野花开出绚烂的花朵　清澈柔美
如果这在晨露中摇曳的花儿
能在新升朝阳的光芒中回忆起过去
我将借一朵朵漫山遍野的山丹丹花
借一盏盏陕北窑洞闪亮的油灯
为那些黑暗中迷失的人　驱赶孤独

让他们在绝望中还能体味到　希望和宁静

发表于《人民司法·天平文化月刊》
2022年9月第27期

纪念碑

（一）

世界上有种种石头
花岗岩　汉白玉　还有小石块
人们把它做成各式各样的纪念碑
这一块块刻字或不刻字的石头
它熟悉英雄躺下长眠的姿势
石头与死相依
以光荣命名
把英雄的名字背负
石头坚硬　看不出一点伤的痕迹
却让我不敢触摸

人们祭拜的目光　全是仰望
透过高大的松柏　看见一种信仰

（二）

英雄不问出处
更不知归处
已经不是活着的生命了
在所有的陵园里
在所有的乱冢堆
躺下的所有的年轮
有名的　无名的
都停止在那一个瞬间
远离战场的烽烟
我又该到哪里
寻找他们冲杀的痕迹
在你的影子里　故事里

感受到　血的流淌和伤口的新创
我看见　战场刀光剑影
看见一支支枪　一颗颗子弹
炮弹凌厉呼啸　密战无声
一个个　一簇簇全倒下了　血流成河
英雄倒下的地方　覆盖着皑皑白雪
那是苍茫的山河大地
年轻或年长的你
瘦弱或强壮的你
只能从墓碑镶着的模糊照片上
揣摩你　拼出你　远去的容颜

（三）

只要是来到纪念碑前
每一次　我都走不出你的影像
你灵魂的高贵

你的坚韧和刚强
你慷慨赴国难的决绝
无不震撼我虔诚的心灵
你化作一缕风　化作一片云
这时　风是静的　云也是静的
我的呼吸里　却满是哀声和沉重
我的心　又痛了
我庆幸　享受了英雄赐予的和平安宁
我庆幸　我的心能指引我
能常来此地　与英雄们相遇
英雄的生命　变成了雕像
我要把雕像　融进我的生命

（四）

我常常深陷于　对英雄的怀念之中
我一遍一遍　回忆整理那些思绪

我拥有一支记录之笔
把那些故去的战火及火中的一切
把尘封的一个个战斗故事
书写成每一章　每一行　每一个标点
补记为我重拾记忆的诗篇
你的流血的伤口
你的最后的呼喊
你的无与伦比的勇敢
我敬仰你　用我一生的时光
我怀念你　用我说过一千遍的言语
此刻　在这清冷的石头雕像面前
我触摸雕像的手　有些颤抖
我扶住我自己　我怕我会哭得不醒
我躬下的身躯　有丝丝的酸痛
我遗憾不能抱住你哭
只看得见你的肖像　很温馨动人
一个个石碑　一个个名字

住进了我的心里

我一转身　泪水流了一地

发表于《人民司法·天平文化月刊》

2023 年 8 月第 24 期

泸定铁索桥

一九三五年五月的一天
一支背井离乡的红色队伍
以昼夜二百四十华里的速度赶到这里
一顶顶八角军帽渗出斗大的汗珠
透露军情十分紧急
一座铁索桥　挡住了去路
桥对岸是狰狞的碉堡　机枪及重兵把守
桥上的木板已被敌人拆去
只剩下十三根铁锁链兀自悬立

敢死队的二十二名勇士
连壮行酒都没来得及喝

就一头扑进了生死里
逆死而战　向死而生
对于他们的勇猛
连铁索也始料未及
你能感觉到它　在山风中哆嗦不已
大大的惊叹号写在了战争史里

这是怎样的一个战斗场景啊
在世界战争史上也难寻觅
冲锋　以匍匐的姿势进行
铁索上爬行　射击　躬身　突进
演绎一段军人不需要排练的舞蹈
这舞蹈世上绝无仅有　堪称奇迹

在一年中最冷的一天
我满怀敬意　来到铁索桥上
桥下水流已不再湍急

那个上午　有那么一瞬　万物静止
但我的心躁动不已
我在深刻地怀念那场战斗
怀念那场铁索桥上的舞蹈创举
此刻　我静立于桥上
仿佛看到　铁索上那滴滴凝固的血
感觉它尚有温热的气息
仿佛看到　那个被敌人子弹击中的勇士
他胸口在汩汩流血
他紧紧拽住铁锁链
摇曳　坠下　落水
那最后的身姿

在一年中最热的一天
我满怀敬意　来到铁索桥上
桥下水流依然湍急
河水像山峰一样蜿蜒

夏风闷热　亦如我热烈而躁动的心
流水奔腾
它在灌溉一段历史
苍翠的群山
目睹了发生在这里的战事
收纳了巨大的累累伤痕
大风又起　风声一阵紧似一阵
万古苍林风中摇曳
像是在讲述那一段故事
我抬头望天　见青松挺拔入云
我低头凝视　用手抚摸这根根铁索
像是在抚摸　父辈那长满厚茧的嶙峋的手掌
我听见一声声冲杀的呐喊
我看见河水的褶皱和波澜
此刻　我的泪顿洒
它滴在这锈迹斑斑的铁索上
滴在那奔流不息的河水里

眼泪很轻　落地无声

但我分明　听到一阵阵轰鸣的回响

那不是风

那是一种来自信仰和感动的蓬勃力量

发表于《人民司法·天平文化月刊》
2021 年 12 月第 36 期

冰雕连

1950 年冬季，中国人民志愿军某部一百多名衣衫单薄、饥寒交迫的战士奉命潜伏在长津湖 1081 高地，因天气奇寒，全被冻死在阵地上，却还保持着整齐的战斗姿态，仿佛是跃然而起的“冰雕”群像。“冰雕连”成为一座精神丰碑，一种文化符号，被载入史册。

这是一座天地英雄的冰雕群像
这是一群人　在风雪长津湖
用血性　刚强　隐忍书写的一段战斗传奇
这里沟壑纵横　隐藏着潜伏的讯息

大雪漫天飞舞　照得黑夜犹如白昼
零下 40℃的极寒笼罩四野
似乎要吞噬一切
一支支受命极速奔袭而来的队伍
一群群衣衫单薄　饥寒交迫的战士
在此卧雪夜伏　万籁沉寂
一切热血　一切忠诚
一切生　一切死
都在此演绎

1950 年 11 月
朝鲜战场长津湖战役打响
志愿军某部一百多名无私无畏的战士
奉命潜伏在长津湖水门桥边 1081 高地
寂静的寒夜　目光炯炯注视前方
他们手握钢枪手榴弹
意志如崔巍的峰峦一般坚强

因天气奇寒　全被冻死在阵地上
却一个个依然保持着战斗的姿势
从此　他们拥有一个“冰雕连”的名字
一个苍天为之垂泪　山河为之悲泣的称谓

“我爱亲人和祖国　更爱我的荣誉
我是一名光荣的志愿军战士
冰雪啊　我决不屈服于你
哪怕是冻死
我也要高傲地耸立在我的阵地上！”
这是冰雕连宋阿毛烈士留下的绝命诗

透过炮火　透过烟雾
我常常注视着
寂静的寒夜　那一顶顶风雪掩盖的军帽下
一双双炯炯如炬的眼睛
是多么明净而深邃

是那么温暖　那么纯真
清澈的爱　只为祖国
无论白天或黑夜
他们时刻准备着扑向敌人
我常常思索着
那些被风雪冻结的日子
会燃起一簇簇火
英雄用鲜血和生命灌溉的地方
会盛开不凋的花朵

这场关于冰雪的悲剧
不只是一次生的毁灭
当这些可贵的生命
随硝烟归于暗淡和平静
长津湖　以及这个名不见经传的高地
以它的艰苦卓绝
以它的坚守坚韧

以它的栉风沐雨的牺牲

被写进了世界战史

名字　永远立于万古苍凉之上

我仿佛看见　一些人死去却又复生

发表于《人民司法·天平文化月刊》

2023年10月第30期

第二辑

山河远眺·四季风铃

卢沟桥

（一）

我不知来过这里多少次
也不知心为何总牵挂这里
那绿绿的岸草
那啾啾的蝉鸣
那苍凉的秋风
那飘落的雪霰
一轮晓月高悬
永定河水潺潺
一座桥　将它们演绎成一幅绝美图画
风景亲切如昨　犹如我遥远的故乡

对故乡的热爱追忆　隐藏于心灵深处
虽年代久远　幸福温暖总触手可及
在这个傍晚　我与一座桥又不期而遇
在这静谧的　一个人的时光里
我对桥说　此刻你是多么幸福
有我陪伴　你一点儿也不孤独
而这幸福　却牵绊着昨天那永远的伤痛

（二）

那昨天的伤痛
永远刻在亿万万中华儿女的心头
从关东传来的那首流亡歌
浸湿了国人的眼眶
日寇的铁蹄踏过富庶的白山黑水
正觊觎我华北　意欲侵占我全中国
那侵略者的邪恶和狰狞

正在抽打　吞噬着谁的肉体
那一声声国人滴血的呼喊
欲在喊醒谁的内心
在九百六十多万平方公里的土地上
那四万万同胞不屈地呐喊
像飓风掀起巨浪
在高原上飘荡　在山林中回响
这雷鸣闪电　暴发无穷力量
一九三七年七月七日
一座桥　发出了怒吼
国人激愤　狮子咆哮
它背负起历史的厚重
承担一种神圣的使命
各民族团结抗战的序幕
在这里缓缓拉开
中华民族不屈的抗争精神
在这里生根怒放

（三）

那一天的晚霞格外地红
像枪口上滴着的鲜血
一场战争无可避免
一场厮杀惊天上演
黄土之上　城垣尽是残破不堪
高高的宛平城　看着是多么虚空
暖不起邻家一角屋檐
支不起门前一个石碾
问君何能尔　山河应无恙
卢沟桥　此时　不再沉默
卢沟桥　鼓角争鸣
桥上五百头石狮子　最先苏醒
它们被刺耳枪声　熊熊炮火　激怒
唤醒了一只　沉睡已久的东方雄狮
浴血将士　已然是民族之勇士

正如桥上的那一头头石狮
为了那条哺育他的河流
他们要英勇地表现一次
大刀敢死队的勇士
在临行的前夜
扶刀而立　神情肃穆
端起大碗　饮尽那股红的壮行酒
那一夜　他们喝醉了月光
你看见他们的影子在月光下奔跑
似与谁共舞于风里
此刻　你要允许他悲伤
更要赞美他凛然大义
这场名垂青史的战斗打得异常激烈
双双火力密集地交织
铁甲与肉身撕裂碰撞
刺刀与大刀死命较量
勇士的身躯一个个倒下了

为保卫国土流尽最后一滴血
桥上的弹痕
那是为他们刻写的墓志铭

（四）

我不知是多少次从桥上走过
每走一次　都令我黯然神伤
那场战争　已过去了几十年
栏杆上　石狮上　弹孔仍可寻见
战争的痕迹像这些坚硬的石头
陈旧而坚挺地立在那里
犹如那部立于桥头路中间的石雕书
石书上的字迹斑驳
更斑驳的　是桥上那条坑洼颠簸的青石板路
每一块凹凸起伏的车辙
仿佛都在诉说着无尽沧桑

古桥拱卫京畿　通达燕蓟
一时车水马龙　人来人往
这里　曾发生过多少故事
见证多少悲欢离合
见证多少月圆月缺
今日　走在这安静的桥上
我虔诚的心灵
像桥下的河水一样奔腾
我用仰望的视角
仰望这古老的　雕花的　花岗岩栏杆
仰望这雄奇的　神态各异的　一个个石狮
我与这些曾溅满勇士鲜血的狮子对望
我感到它的目光　闪耀着铁质的光芒
像一团烈火　燃烧着我灼热的胸膛

（五）

啊　卢沟桥
你这英雄的桥　有血性的桥
谁来为你歌唱　谁来为你悲伤
请接受我微不足道的颂扬
此刻　我坐在青石板上　任思绪飞扬
一座桥　犹如一个字贴在一座城市的面孔上
犹如　贴在我的心上
我有多么疼痛　就有多么惆怅
于此　我只能这么朴实地写下你
写下桥的古老沧桑
写下狮子的威严悲壮
写下雕刻在此的那些血肉战事
以及巨大安宁笼罩下的血色夕阳
这时　一只鸽子飞上我的肩膀
这洁白的精灵　眼噙战栗的泪水

也撷来故乡泥土的芬芳
啊　鸽子
我借你去赞美和平与阳光

西安古城墙

这是一座雄伟的古城墙
蜿蜒数十公里
耸立在西北黄土高原之上
像一幅巨型史诗画卷
每一角城墙　都在诉说沧桑
一条流经我们灵魂的河流
从亘古绵绵流淌
看不见历代朝野风花雪月
消失殆尽的皇恩浩荡
这里曾是马蹄疾　风沙狂
这里曾是漂泊地　名利场
多少恩爱情仇　多少前世过往

硝烟远去　唯见天际茫茫
如烟历史　青砖高墙深藏

走在这高高的城墙上
顿觉脚下每一块青砖
都如嵌入了历史般沉重
这沉重是一支歌　一束光
此刻　我作为一介子民
如季节般游荡的心思被点亮
秋日夕阳下城墙泛着金黄的光
隐约可见当年气贯四方的盛唐气象
僧侣使团接踵而至　熙熙攘攘
丝绸之路一派繁忙　驼队泱泱
灞桥折柳处　演绎几多儿女情长
遥望西域　边关辽远梦凄凉
声声慢浅吟低唱
伴离人在异乡路上

时光无语　唯有泪千行

一生多少事　不负春光

发表于《人民司法·天平文化月刊》
2022 年 9 月第 27 期

兵马俑

驰骋千年古战场
金戈铁马的一生
兵马俑　深埋一侧拱卫秦陵
埋葬了一代英杰的英雄豪情
献你儿女身　隐藏功与名
一号坑　二号坑　三号坑
这里集合的步兵战车方阵最勇猛
陶俑形色各异　弓箭在身　盔甲凛凛
一张张黝黑的脸庞　扮有精美的妆容
那脸上的浅笑依旧从容
一个个比肩而立　站成历史的永恒
战国七雄群起争锋　乱世谁逞英雄

时秦王扫六合　虎视何雄
战车千乘　奋击百万　远交近攻
泜水之战　邯郸之战　长平大战
一将功成万骨枯　一战死千兵
将士之勇　令人动容
战争之残酷　比兵器还要冰冷
荆轲吟唱　风萧萧兮易水寒
大丈夫一去兮不复还
历史悲剧从不谢幕　也从不悲怜

秦时明月汉时关
万里长征人未还
俑坑里　容纳了征人灰暗的岁月
这里是一个沉寂而拥挤的世界
谁和谁紧挨着　就这样站着跪着
谁看见谁脸上更苍老的皱纹
命运的裂缝和脸色一样苍白

心的伤口从未愈合
一生被战争　兵役所驱使
所有的俑人　所有的忍者
他本是少年　或是书生
你本是农夫　年已老朽
战事从来急　悉被征边戍
生知何时生　死不知何时已
生时冲锋陷阵　死为殉葬挺身
那个一统天下的秦始皇帝
一生穷兵黩武　穷奢极欲
兴　百姓苦　亡　百姓苦
烽火台　狼烟再起
阿房宫　楚人一炬
战火纷飞的诸侯争霸年代
骑着嘶鸣的战马逃遁
战争痕迹逐渐被历史掩埋
于此　留下这座高高的皇陵

留下这令万世惊叹的兵马俑

陵墓因其高大　无处隐藏

俑坑因其雄奇　万人景仰

发表于《人民司法·天平文化月刊》

2022 年 9 月第 27 期

华清池怀古

长安城外远山斜
绣岭宫内涌泉澈
十月游幸天子来
丽水绿苔漫青坡
忆昔环肥倾城国
清池粉黛染成河
玉女浴出新妆洗
软玉温香娇婀娜
骊宫高处玲珑阁
三千宠爱穷极奢
霓裳羽衣晌贪欢
天上人间纵享乐

一劫而衰红颜薄
天子才人独叹嗟
长生殿里恩爱尽
从此不在君王侧
倾国之乱情如何
香消玉碎陨春色
江山美人孰轻重
君心自知去意决
可叹从来空悲切
千古绝唱长恨歌
世上常有唏嘘事
留给后人任评说

望海潮·山海关

水天一色，洪波拍岸，千山万壑峰峦。风劲拂轩，凭窗望断，烽台隘塞巍然。看挽海依山。一柱擎天险，一将当关。奉守于间，弯弓偏射打渔船。

万里长城开端。有雄奇景观，看遍狼烟。雷鼓动幡，人声鼎沸，萧萧犬吠马喧。兵士苦无边。忍见山河碎，万户盼圆。谁唱噫歌悲调，心动乱旌弦。

酹江月·嘉峪关

漠风狂恶，见行人寂寥，狼烟烽火。浩瀚祁连陲锁钥，一枕冰川寒雪。城郭千叠，风沙千里，埋玉楼金阙。楼空人去，晓看天际明月。

天下第一雄关，河西据险，将士威名扬。征戍苦多山水重，战火连年不灭。酒醉醺醺，关城巷陌，连万愁千索。征鸿飞尽，叹浮生尽零落。

永遇乐·司马台长城

司马台长城位于北京市密云区古北口镇，依险峻山势而筑，以雄秀奇特著称，是我国唯一保留明代原貌的古建筑遗址，被列入世界遗产名录。景区夜间有灯光秀、音乐喷泉等表演。

天险燕山，京师锁钥，奇美楼观。山陡分波，长风破雾，烽燧百里见。蟠龙卧虎，枕山襟海，赫赫古垣名冠。向北望，层峦叠翠，见峰秀与云伴。

长城脚下，古北水镇，夜色灿若仙幻。古寨酒旗，画船游弋，映月华如练。圆通塔顶，孔明灯影，缥缈浮游霄汉。曾携手，凭高望远，看桑海变。

水龙吟·密云水库纪行

燕山千壑苍茫，一池碧水翻波浪。遥瞻远目，层峦叠嶂，白云天上。湖缀如簪，绿波潋滟，涌流狂宕。看山低水涨，无穷尽处，鹰击翔，鸟和唱。

携手同游坝上，笑嘻嘻、非离人样。曾记以往，与君来此，少年模样。暑往寒来，青丝染霜，无端惆怅。叹芳华易逝，岁催人老，而今无恙。

古敦煌印象

金戈铁马　玉门关前
西出阳关琵琶声远
万里敦煌道
丝绸之路无边
飞天神话梦幻千百年
如血残阳大漠孤烟
醉卧沙场征人未还
离人望乡哭　一年又一年
别梦依稀　何处是家园

鸣沙山上　月牙泉边
多少离别横看泪眼

天边北归雁

远处漠风漫卷

望不尽亭台楼榭孤寒

谁在风中弹奏琴弦

谁在吟唱那声声慢

风沙埋葬了战火与硝烟

归心似箭遗落爱和怨

情难了　时光永不还

党　河

一座城市　因一条河流而丰盈
一条河流　因一座城市而扬名
沙漠明珠　敦煌古城
党河　蜿蜒穿城流过
滋润着这片干涸的戈壁沙丘
养育着岸边的草木森林
雄鹰高飞　草场茵茵　撒欢的羊群
还有满脸洋溢着幸福的人们

风雪弥漫　驼铃声声
而河流　历经多少年却悄无声息
静静地守护在这里

守着一方黄沙与绿洲相拥的古城
党河　像一个正在哺乳的母亲
枕着一条名垂千古的丝绸古道
侧卧在这贫瘠而富饶的荒漠里
怀里　抱着一个个绿洲小城

站在波光迤逦的城市河道岸边
好像听到远处有一个声音传来
那是祁连山冰川融水在歌唱
那是党河的源头啊
祁连山麓疏勒河　汩汩而下
甘泉水从南向北日夜流淌
与大地深处的涌泉相汇合
从遥远的雪峰启程　启程
喊着号子　一直向前奔流
侧耳谛听这神奇的大合奏
这旋律是如此昂扬而优美

赞叹这不息的生命之河

赞叹这不息的历史之河　文化之河

鸣沙山　月牙泉

除了驼铃声声
除了雁阵声声
在这片荒漠上　这儿一片寂静
从远古吹来的　亿万万颗沙粒
在这里　聚集成一座座沙山
以壮美绝伦的姿态屹立
那撩人眼眸的金黄的律动
似有排山倒海般的神力
吸引无数游人来此逍遥
鸣沙山　看似沉默
而漠风却能听懂它的轰鸣
沙丘　随风日夜呼唤

唤来夜色下的弯月下凡
月牙泉　无与伦比的抽象之美
这形如一弯新月的泉
美轮美奂　如海市蜃楼
魅影含柔情　玉如仙女临
这意象飞流　这意象含情

泉的岸边　长满随风摇曳的芦苇
风吹来　她在动情地招手
芦苇　常生长于内地的河道里
在这里　却安了家
焕发出另一种生命力
我抚摸着这金灿灿的苇绒毛
像是捡拾起那些曾经的往事
在这里　不知为何
忽然想起遥远的故乡和童年
青春如昨　一去不返

怀念　亦如远飞的群雁
远处　是一望无际的茫茫戈壁
它有如一张网
将我的行踪覆盖
将我的心事隐藏

玉门关

关于羌笛　关于杨柳　关于春风
那首著名的凉州词
早已是家喻户晓
你也是家喻户晓
古今多少事
尽付东流水
当年雄伟的关隘
如今只存断垣残壁　好凄惨

关隘前　那片曾经浩瀚的汪洋
如今只剩下沼泽一片
泽边盐碱地　泛着刺眼白光

像西北狼群射出的凶狠眼神
那些彪炳史册的英雄人物和传奇
张骞出使西域　霍去病抗击匈奴
那些闪光的史实和轶事
总是很苍白　你理解不了它的魂
只有到了这里
只有身临其境
才能有更深的体味
你不得不肃立在此
眼神和心思全是仰望

多少前世今生
多少来来往往
守护下的熙熙攘攘
遥想当年沙漠里行走的驼队
驮运的丝绸　美玉　洋物件
更显得弥足珍贵

回望这用土垒砌的小方盘城
痛惜它　现在是多么渺小
如今它颓唐的　名不副实的样子
让人感到有丝丝惋惜
心里有些许的失落
那只能如此了
再看它一眼
又觉得它　此时像是一块陨石
在那里突兀躺着
是陨石也好
它毕竟辉煌过　高大过
漠风一阵紧似一阵吹来
这用土垒砌的古老关城
命运终究逃脱不了漠风侵袭
千年风蚀　已成残年
我在揣测　终有一天

它将在这地球上消失
再也寻不到它的踪迹

阳　关

劝君更尽一杯酒　西出阳关无故人
你走你的阳关道　我过我的独木桥
这里出产这么多的名言
还出产无数的英雄侠客
人间正道　江湖颓废
曾是同一出身
阳关却比玉门关幸运
今天的它　遗迹修复还原如旧
看起来　还是那么巍峨雄伟
跨越千百年
这是怎样的一种存在

阳关三叠的曲意
犹如一杯离别酒
醇厚绵软而醉人
长亭柳依依
相别不忍离

这里见证了无数的离别
我是行人　更送行人去
这里的飞沙走石
终日伴着黄昏夕阳在游走
总有一些魂灵在游荡
此时　看不见一个在大漠上行走的人
唯见　雁阵飞起又落下
春风六月雨　秋风月明稀
蝉鸣的午后　悲伤的寒冬
曾经　多少个时辰和日子

远行的人　跟着四季迁徙

在此　安静地和世界告别

别后　其实他们再未重逢

雅丹“魔鬼城”

（一）

在春风不度的玉门关西北
横亘着一片浩瀚的戈壁荒原
这里方圆几百里渺无人烟
到处是褐色的砾石沙海
到处是黄色的黏土雕像
它有一个好听的名字——雅丹
还有另一个名字——“魔鬼城”
这里的地貌造型　丰富多彩
这里的雕像集群　巧夺天工
一个个　一簇簇

一排排　一群群
密集地排在一起
奇妙地连在一起
形成无数个部落
有的像一个村镇
有的像一座城市
有的像大海中的舰队
这里的每一座雕像
神情各异　千姿百态
金狮迎宾　狮身人面　孔雀玉立
栩栩如生　叹为观止

（二）

这里除了荒芜　一无所有
这里除了遥远　一无所有
伪装成魔鬼哭声的

是大漠铺天盖地的风
风从城堡的缝隙呼呼刮过
像是一群魔鬼在吼叫
这风好大呀　这风好冷
这风　是雕像的生命之吼
在这静如死寂一般的大漠里
那是它们在歌唱　在狂舞　在怒吼
如果有一天　这里没有了风
它们将如何宣示生存
风是它们的语言　它们的灵魂
却也是摧残它们的刀子
这黄土堆积成的一个个生命
在强大的漠风面前　显得很弱小
弱小得如此不堪一击
风吹　风蚀千年
有的生命　苟延残喘
躯体青筋暴突　眼看着要塌陷了

甚至可以听到它气喘吁吁
但它仍顽强地与自然抗争

（三）

八月　带来了大漠的狂欢
这里　是多么奇美
灼灼烈日笼罩下的魔鬼城
风怒吼着　一刻不停
整个大漠深邃　神秘　幽静
在这无垠的大漠中
人显得是多么渺小
感叹时光的流逝和永恒
于此　一个个纷至沓来的游人
面对这充满诡异　充满诱惑的神奇
油然而生敬意　心倏忽趋于平静
忘却所有痛苦　抛弃所有烦恼

魔鬼城　你已经俘虏了众人的心
人们除了膜拜　无以表达心情
这里是另一种世外桃源
只关乎精神的　世外桃源
这里没有痛苦　没有纷争
只有风　带来古老羌笛穿透千年的余音
风沙一如从前肆虐狂浪
吞噬着　这里的一个个城堡村落
也吞噬人们的恶　唤醒人们的良知
那浩瀚的沙漠
那如血的残阳
此时　都被一种盛大的平静收入囊中
无论　众生和社会如何喧嚣
无论　你曾历经多少悲喜哀愁

无雪的冬天

已是三月了
河开了　燕子也飞回来了
传说中　人们渴望太久太久的那场雪
应该不会再来了吧
有人还不甘心
说　不是还有桃花雪吗
桃花雪　又是一场期许
雪在远方
今年　它不属于北京这个城市
对于雪　人们已是渴盼已久
而雪　也像是预谋已久
就是不肯光顾　不肯光顾

它何至　何至于此
你见它　就像是有意作对似的
绕着北京这个城市去旅行
就连南方很少下大雪的地方
今年也都被白雪皑皑覆盖
这让北京情何以堪呢
这个冬天　只有北京很孤冷

天儿是一天天暖和了
眼见草儿吐绿　花儿吐蕊
这雪　注定是不会再来了
雪　一场遥远的梦
为了你　我等得花儿都开了
这个梦　从花谢开始
花落花开之间
梦破了　随之破了的还有一颗心
我问雪　你可知罪

可我问不到它　它在哪里呢

没有雪　总觉得这个冬天少了些什么

像春晖少了鸟啼

像夏天少了蝉鸣

像秋日少了金黄

雪　你带走了这个城市人们玩雪的欢闹

雪　你不曾给人们带来冬天中的温馨

少了雪　心里总觉得空落落的

像极了北京这几天灰蒙蒙的天

总有那么点儿消沉和不安

心有几许　岁月可期

只有等明年了　明年的冬天

我们再去做一个梦　关于雪的梦

北京的春雪

三月的北京
一场纷纷扬扬的春之雪　飘舞着
悄悄地　你来了
带给人们一个惊喜
你是来赴一场心灵之约吗?
还是来探望京城这个残冬　抑或早春
已是花开时节的暖春
你却姗姗来迟
与其说你是冬天的过客
不如说你是春之使者
你是来还愿的吧
正当人们对雪已不再抱有幻想

你却带着急切的神色
匆匆地来到人世间
于是　你跋山涉水
朝着北京的方向
只顾风雨兼程
春雪却嫌春色晚
故穿庭树作飞花
似乎是　人们的热情感化了你
似乎是　春天的热情融化了你
你飘飞的舞姿　如此优柔
像天女　在散花弄姿
只可惜　你在人间的停留如此短暂
你落地的瞬间化为雪水　圣洁的水
与大地亲密地融在一起
你用母亲般的情怀
滋润着这片干涸的土地
你的美是凄绝之美　叹为神奇

你的曼妙意境　只在良辰一瞬间
待人们醒过神来再觅
倏忽间　已不见你的芳踪
像是你没有来过似的
孩子们的笑声还在琅琅
他们还没有玩耍够
他们正在找雪　堆雪人玩呢

这里的人们很知足
这个周一的早晨
人们都早早起了床
愉快地去上班　上学　逛公园
都还在述说着前一天发生的事儿
北京的这个冬天　尽管没有雪
但这次　有了三月雪了
也是极好的了
即使是残缺的美　也是美

雪　我们相约　明年再见吧

但我有个乞求

我想让你　明年来得更早一些

当数九寒天

我多想看到　冬雪的劲舞和豪迈

我多想领略　长城内外千里冰封　白雪皑皑

让冬天　河冻三尺　冰天雪地

我想让你　圆我这样一个梦

这个梦　是望你以冬雪的名义

给北京的冬天重新定义

给北方以北方　给北京以北京

若如此　则是一个美丽而无憾的冬天了

我期待着这样的冬天来临　来临

第三辑

羁旅微澜·感悟人生

仰望军旗

我在凝视一面面军旗
无数次向它表达敬意
它和一个伟大的日子融为一体
弥漫的战火和硝烟　铸就神奇
它诞生在南昌城头隆隆的炮声里
从此　演绎一个永载史册的传奇

军旗猎猎处
军人多喋血
山河作证　岁月见证
曾经战火连天
曾经红旗漫卷

忆往昔　战正酣
雪山草原多艰　白山黑水苦战
青纱帐里埋伏　黄土高原烽烟
与战争有关的那些往事　浮沉再现
犹如大河奔流　斗转星移
一次次取得战斗胜利的那一刻
我仿佛看见军旗的疼
看见它在风中战栗
攻入制高点的腥风吹着血
英雄们长眠的地方
总被鲜血浸染
空留一片片猩红印迹
唯见棵棵青松高耸入云　大地无言
我所知道的一个个战斗故事
足以令我敬仰一生
我像学徒一样谛听
我听到每一颗子弹呼啸犀利

听见一声声呐喊　一声声冲杀
这声音从胸腔发出　沉闷而洪亮
这声音像云霞四处弥漫的那抹红
总飘在我的记忆里
它融进了我的血液

战火远去了
此刻　岁月静好
回忆　像红色花瓣的叶叶碎片
在穿过黑夜的曙光照耀下熠熠生辉
我的记忆在多年后依然清晰　依然芳香
今日　一面面军旗在边防　在海岛
在哨所　在每一个军营　高高飘扬
它们　在相望和凝视
它们　守护和平阳光

我在抚摸一面面军旗

像是在抚摸一段段历史
世界上没有任何一种颜色
能比得上它如此鲜红壮丽
没有比这血染的军旗更红的旗
没有比这冲锋的军旗更坚硬的旗
它的光彩　如霞光在天
俯视我　　摇晃我的眼
使我心生迷恋
忠诚如昨　红色基因早已沁人心脾
此刻　说出你的名字——八一军旗
我用手轻轻地抚摸你
顿感有一股温热而雄浑的气息
那是英雄的鲜血还在汩汩而流
我的心刹那间狂跳和颤抖不已

永远的新兵连

雄鹰展翅
是为在高空中飞旋
花儿低头
是报答大地的温暖
行船扯紧桅杆
是为早日到达海岸
而匆忙的军旅人生啊
在新兵连
支撑起军人真正的起点

时值冬天
风呼叫着严寒

我以雪花洗脸
总是以最快的脚步
赶着紧张的时间
新兵连　这军人最初的底片
经过严格的曝光
最终成像给我鲜花礼赞
这是我生命的曙光
照亮我的前程永向前

我意志弥坚
苦于我又何以堪
我向高山仰首放眼
胸怀万里云天

凤凰涅槃
不只在意念之间
从老百姓到军人的蜕变

军训就是炼金流彩的铁钳

我如今已不是新兵
却一次次回到新兵连
虽时过境迁
可那时凝结的情感依然连绵
像藤缠着树　像母亲的呢喃
我一直在寻找一种答案
为什么　一段锤炼心灵的震撼
老兵们那么强烈的思念万千
因为是蜕变
因为是摇篮
哦　我的永远的新兵连

西征　西征

——献给载人航天发射塔的建设者

沙漠的历史
没给我们留下什么生动的东西
古丝绸之路的痕迹
在醉卧沙场的瞬间依稀可见
那首葡萄美酒夜光杯的出征歌
对于我们
不仅仅是一种亲切的体验
戈壁　沙丘以及红柳
涌动在我们全部的生命空间

在浩瀚无垠的沙漠边缘

我们拥有一片沸腾的工地
周围弥漫着从远古吹来的尘粒
这里没有鲜花　也绝少呓语
有的只是烈火般的激情
我们在追逐时代大潮的劲风
以青春托举共和国航天事业新纪元

太阳每日从我们头顶上升起
又在我们的脚踝下落地
高耸的发射架是我们的作业舞台
我们是能征善战的安装战士
我们那被瑟瑟漠风吹长了的身躯
能连接地球通向太空的轨迹

在这里　有我们的部队
和空旷悠远的蓝天做伴
与钢筋和水泥为伍

国防绿幻化成一幅动人的风景
原先白嫩的皮肤被漠风吹黑
原先骚动的内心愈加温柔
青春的驿站在这里驻守
在血色的黄昏里铸造和平

于是　在机器轰鸣中
在头盔和迷彩服的律动中
我们感悟着昂扬的乐感
于此真实感触到一种跳动的脉搏
感觉体内有一种神圣的声音
共鸣着人类飞天的誓言
而国人飞向太空的揽月梦
正激越地回荡于我们的心胸中

发射塔下的情思

（一）

在浩瀚的西北荒原戈壁
在美丽的弱水河畔
矗立着一座雄伟的载人航天发射塔
我离开它　已是二十年之久
今年　在戈壁八月灿烂的季节
我又来到它的身边
我和它像是故人似的　好久不见
这是我曾战斗过的地方
当年　我和战友们征战到这里
这是一个前无古人的事业

这是一个大国崛起的壮举
它像是一朵娇贵的花儿
我们用鲜血和汗水
辛勤地把它浇灌栽培
钢筋铁骨般的巨塔
我们亲手竖起
与它告别后的日子里
心里总是在想念它　牵挂它
我的心　时常被它揪住不放
揪得有点痛　而更多的是甜蜜
在艰难岁月中所经历过的一切
有着无穷的生命力
它滋长　积攒了最珍贵的情感
带着泪水　心酸
带着惆怅　思念
这一切　酿成了最难忘的记忆
这个记忆雕刻在胸　让我铭记心扉

（二）

沿着以往足迹追寻
在茫茫戈壁滩张望
我还未到你身旁
就远远看见你高大的身躯
在亘古的荒野　巨人般兀自耸立
周围都是仰望你的目光
红柳　胡杨　都成了仰视你的风景
我听到戈壁漠风　呼呼刮过
掠起片片飞沙走石
吹过高逾百米的塔尖
奏出激越而轰鸣的声音
这个声音向天际飞去
响彻苍穹和宇宙
这个声音　其实是一个梦的勃发
这个声音　是这个梦发出的最强音

这个梦　中国人做了太久太久
这个梦　中国人终于圆了

（三）

揣着一颗激动不已的心
我走到你的身旁　发射塔
在你伟岸的身躯前站着
此刻　我显得多么渺小
而你今日的伟大
全是当初那些志存高远的人在高举
他们把你举在头顶之上
放飞无穷的渴望和梦想
今日　我和你面对面地相望
我多想跑过去与你再次拥抱
我多想抚摸　曾经抚摸过的你
而此刻　我被你周边的围栏阻挡

我多想和你说说话
但是　你不言语
沉默是你　沉痛是我
我听到风从你庞大的身躯吹过
像是从你胸膛发出的轰鸣
那是你在向我诉说的声音吗
此时　我的心顿时涌入一股热流
我的眼泪刹那间滑落
此刻　我泪眼蒙眬
不知道　你是否会想起以前的事儿
那时候　我们在一起
难忘那些陪你长大的日子
当初　孕育你的是祖国母亲
是这片苍茫的大地
在襁褓中我拥抱过你
看着你　在一天天成长

（四）

一九九四年八月
这片沉寂的戈壁滩　沸腾了
从北京一路向西　向西
坐着闷罐军列　经长途跋涉
几百名战士征赴此地
拉开建设我国载人航天发射阵地的序幕
这里的气候十分恶劣
昼夜温差极大　早穿棉袄午穿纱
中午四十度高温晒得人头皮发麻
狂风肆虐伴着沙尘暴　常常袭来
战士们住的是废弃羊圈改造的土坯房子
从工程奠基挖下的第一锹土
到战士肩上卸下的第一根钢钎
从地下导流槽第一次混凝土浇筑
到一次次如巧女绣花似的钢筋网绑扎

偌大的工地人声鼎沸
机器轰鸣声昼夜不息
这里　在演奏激越的战斗曲
这里　在挑战生命的极限
战士们无私拼搏　默默奉献
发生了许多可歌可泣的故事
只为早日把它塑造成一道风景
春草绿了又黄
几番寒暑易往
一座百米巨塔在此高高耸立
它树起了一个民族的钢铁脊梁

（五）

问天阁　英雄航天员出征的地方
每一次出征　都是一次欢呼
每一次出征　都是一次挑战

欢呼中伴着泪水　伴着祝愿
在这里　告别了送行的人群
带着国人的殷殷期盼和嘱托
英雄们勇往直前地往发射塔奔去
走向通往太空的路
这一路　这一程
时间是那么漫长　却又是那么短暂
火箭飞船组合体被塔架脐带塔紧紧搂住
为你挡住风雨　为你依依不舍
像极了母亲那温暖的胸怀
发射倒计时　是最揪心的时刻
当指挥员一声“点火”的号令传来
霎时烈焰腾空　大地一阵颤抖
火箭飞船直冲云霄　遨游宇宙
为了人类的和平
中国人来到太空了
人们为一次次发射成功而欢庆

每当看到载人飞船发射

看到自己亲手建造的塔架将航天员送入太空

我由衷地感到无比自豪和光荣

一次次的辉煌　一次次的阵痛

发射塔　沐淬火涅槃重生

那曾经的辉煌

那曾经的故事

都存在记忆里

这是国家记忆　国之荣耀

（六）

二十年的光阴　往事如烟

也许等得太久

我才来故地重游

心里积攒了那么多的沉重

倏忽间　情感闪电般释放奔流

让我这颗心　无法承受
此刻　我再一次看着塔架
目光是那么温柔
周围静悄悄的　没有风
一切都归于平静
人到中年　才来圆这个梦
纵有千言万语　说与谁听
说不尽的情怀
道不尽的感慨
我将脸上的泪水轻轻拭去
洒在这片我曾耕耘过的热土
无声的脚步　无言的作别
我不舍地向塔架挥一挥手
此去一别
又不知何时　才能再来相见
此时　在我的胸腔里
灌满了离别的愁绪

在回来的途中

茫然走在戈壁上

我沉默得一言不发

我在心里将它描摹

并深深铭记　这次告别

第四辑

故园拾穗·乡野韵风

家乡　此刻被你唤醒

（一）

清晨　走在这喧闹拥挤的都市
熙熙攘攘的人群潮汐般涌动
步履总是那么匆匆
驻足间　忽然听到城市上空布谷鸟的叫声
我知道　家乡的小麦快熟了
它是在喊我回去收割
时光　请你在此刻作片刻停留
给我点儿空闲
给我点儿自由
我要奔回那多年未回的家乡去

看看家乡的亲人　故友和土地

（二）

岁月如此无情
不知不觉间
将青春年华吞噬掠走
此去经年
都故去了　过去了
生活是一张折叠的纸
我此刻想把自己赎回
做一回我自己
我此刻猛然回头
寻觅我曾经的拥有
有多久　没有静静地去读一本书
有多久　没有给予自己内心以充分自由
大都市的所谓幸福

人们脸上那化妆的笑容
其实都是咬着牙在奔波
那流的泪　淌的血
只有自己　能体会这痛苦的角色
人们把自己伪装成坚强的样子
他们还活着　只是已麻木太久
我猜测　这是在弑杀生命
于是　人们渴望放慢脚步
留点儿光阴　把生命尊崇

（三）

我多么怀念从前啊
二十年前　十年前　N 年前
年轻人都去了城市　去了远方
把乡村留给了老人和孩子
当初不曾迷乱的脚步

当初的热血和热泪相送

如今　遥远的村庄

遥远的梦和幻想

你要的幸福

这个城市　到现在还是不能给你

更深长的空虚　更漫长的等待

心里藏有深深的无奈

今天　我在寻找一个安慰

我在寻找　我曾经的所有

回忆　现在感觉　它是多么有成就感

往事　在这一刻都浮上心头

乡村的　城市的

乡村的古老　城市的新鲜

原来　在城市里我所有来来往往的一切

俨然　已成了我的曾经

（四）

家乡很遥远

家乡梦无边

久居他乡的你

家乡的一切记忆都已模糊了吧

不　它对我来说不是的

我总是还记得它的样子

记忆的影像　从模糊渐渐清晰

只是我和家乡　都已回不到从前

那绿油油的田野依然

那淙淙小河水流婉转

低矮瓦房　灰土墙　青石砖

二十年前　那个割麦的少年

这里曾是我的一切　我的全部

在我未离开它之前

拥有乡村童年　是多么幸福

拥有乡村记忆　是多么幸福
我被这幸福俘虏
我要为这幸福立传

（五）

有幸福　当然也有忧伤
秋风一路苍凉
风把一个人弹落回地上
每一个从乡村走出去的游子
他的根在故土
他的情在故土
他的亲人也埋在故土
一次次离家　一次次洒泪
这里　有太多刻骨铭心的悲戚
最痛彻心扉的　莫过于亲人离世
家人全都悲悲戚戚　哭天喊地

你把一生的眼泪都哭干了
还借了另一生的眼泪再哭
亲人的坟头　已长满了草
说好的颐养天年
说好的相伴一生
终被命运无情捉弄
人生无常　哪有皆遂人愿的呢
其实　这世上哪有什么天长地久
生活有生活的归处
人生有人生的归宿

（六）

小满时节　五月正夏
我在异乡的清晨醒来
阳光一点点灌满北方这个城市
也照耀着遥远的乡村

田野里　正是一派忙碌的景象
这个夜晚
我将沉睡在这悠长的还乡梦里
梦醒来
生活又将恢复原来的模样

背上一棵树告别故乡

《中国国家地理》杂志刊载了一张照片。湖北秭归农民刘敏华因为三峡大坝工程，举家移民搬迁。离乡前，他放不下种在家门前那棵正开花的桃树，小心翼翼地用背篓背上它，远赴他乡。春暖花开的日子里，总有一份情愫能撼动我们的心。

早春三月　草木芳菲
秭归坛子岭上桃花盛开
三峡库区的风轻柔而张狂
你的心陷入移民搬迁的故事里
陷入故土难离的情感偾张

流浪的风　诉说一个人的孤独忧伤
一座山　一条江
一棵树　一角小巷
都是你的挂牵你的不舍你的惆怅
家门口这棵桃树正沐浴春雨阳光
本来你要跟它交谈　告别
春风十里不如你
你心中种下了爱的种子
你决定爱上这棵树
就像爱亲人一样
给它温暖和新生的希望

你于是背着它　背着一个春天
伴桃花灼灼　远奔他乡
屋墙斑驳　映衬着夕阳金黄的柔光
背篓里这株桃树涨红了脸　鲜花怒放
一幅山水画与一个人的灵魂邂逅

感动了岁月　惊艳了时光
一个男人的柔情
散发直抵人心的力量
这个瞬间　抵得过泪落两行
你低垂的眼神　似把心事深藏
也浸染动人的甜蜜和哀伤

春暖花开的日子里
总有一种情愫闪耀着光芒
除了凄美
谁不在地久天长

风往北吹

一阵阵鼓噪的风吹过
总诉不尽天涯漂泊
我说的风　起于南方
风往北吹　阅尽山河
无数个春夏秋冬
和煦的风　缠绵的风
一如既往　从遥远的故乡吹来
吹过北方的乡村　古道和城郭
中年以后　我常独步旷野
我知道　风在哪一个方向吹
在北方的初春　酷夏　深秋和寒冬
在每一个岁月凝视下的季节

我一直在仰望和行走
感受风的疲惫影子
聆听风的声音瑟瑟
我伸一伸手　就能够抚摸到它
风吹了这么多年　宁静而强大
很多时候
将我所见到的　北方这里的风景
吹得有些怆然和落魄
也将我的心事一次次吹拂

又一次　踯躅于北方落日下的旷野
看余晖缥缈　霞光一点点没落
多么像　家乡田埂间燃起的堆堆篝火
灰烬的前身是火
火的前身是麦秸
小时候　在田野间
我们拾过麦穗　割过稻子

我们打闹嬉戏　掐花追蝶
咩咩的叫声　点缀白云朵朵
还有犬吠鸟鸣
村庄像雪一样清纯安宁
那些喜鹊般叽叽喳喳的　乡村快乐时光
终随着一阵风儿溜走
乡音故土　渐行渐远
饮酒嗟哦　愁心难托
当我回眸无可回眸的青春
当我怀念背负痛感的往事
所有逝去的　缅怀的
此刻都隐入尘烟　无语诉说
独坐于时光之上　故乡的记忆层层叠叠
生命中的一些事情　已化为虚无和欢歌

六月将尽

我一直漂在北方的一个城市
我困在对故乡深深的凝望里
仲夏　天空很辽阔
思绪在山水间飞过
六月如火　往事如昨
我追随季节收割心事　拾取记忆

村野　山水盈盈处
有一望无际的绿和黄
那是生命的纯色　底色
六月　氤氲的气息漫上来
笼罩虫鸣　蛙鸣和低飞的蜻蜓

夕阳　在缓缓下坠
压碎村西老树的枝头
沿着小径　走进田野
丰收的海洋　收纳一切
年轻的农人　老妇人
和不知疲倦的庄稼老把式
还在挥汗如雨地劳作
这里是风的领地　无边无际
风吹麦浪　升腾无边的奢望

家乡的夏收
起止于一个溽暑的季节
那耀眼的　收割的金黄
是乡亲们滚滚而来的财富
田野里　每一垄成熟的麦子
都是时光写下的诗行
其实　我与故乡只隔着一粒麦子的距离

这么一抹黄色　就生长在我的念想里
六月　黄金　和尘土　一起向我堆积
我生命的拐杖　仍紧紧地握在手里
六月就要过去　我还是旧的
我把自己当成一粒麦子　种在土地里
年少时　我在家乡品味到的
那些曾经的幸福　和曾经的悲伤
一起被我深深地埋藏
我渴望放下那些过往和沧桑
我常静坐一隅
让风裹挟我心灵的回响

离家这么多年

多少年了
在异乡的天地间
越来越走不出一种牵绊
有时候　自己独酌
微醺中　迷惘的心　不舍悲喜
看不清　飘忽的　真实而虚幻的自己
北方的城市　总是灰蒙蒙的
夜色深沉时　很多人还在路上
午夜街灯　映照他们倥偬的匆匆影子
疲惫的人　已倦于远行
而我终日为生活奔波　仍在跋涉

我有来路　就在远方
与秋日的黄昏和夕阳对话
大地用最柔情的目光　看着人世间
丰收的季节里　一切是那么美好祥和
稻穗在收拢　金黄的原野在收拢
泥土在收拢　幸福也在收拢
而我在这灿烂的秋日
却在寻找四处飘散的自己

很久以前　年少之我
徜徉在故乡的怀抱里
与青草和粮蔬的味道相亲
甚至　身上整日沾满泥土
那时　村子热闹　令人陶醉
心怀万物的土地　仁慈厚重
它哺育生命　哺育万物心灵

离家这么多年　思乡依然

那曾经的过往　一半湮没一半深藏

人到中年　见证了无数辉煌和失意瞬间

我已厌倦了狂喜和悲怜

如果这飘然而逝的时光可以停滞

我的离情就不想说得太多

我的心中流淌一首欢歌

那是唱给故乡和亲人的

感　遇

北方某日　独坐看秋半晌
霜花翻飞　旷野雄劲生凉
过去了多少岁月四季
历尽多少繁华和沧桑
那茫然无踪的　记忆模糊的
像天边变幻不定的云在飘荡
时间这个幽灵　吞噬和收养一切
面罩下裹着一半真实　一半虚无
而今　我已分不清昨天和今天
更分不清来路和归途

这些年　我穿过城市　穿过乡村

那颗深深迷惘　孤独的心
像一只陀螺一样不停旋转
悬在半空　寻不到落脚的方向
孤立无助　成为虚空的一个点
而抛出我的　抓住我的
是一只看似能抚慰人心的大手
有时温柔大度　有时残酷无情
我用脸庞贴着　那冰凉的时间
这只长满裂纹的手　这只命运之手
已厌弃我　猛地将我推了一个趔趄
我知道　中年的我　一个困顿的人
已被放逐　低于尘土
但现在　我还热爱着　情愿被雕琢
这真是一件可怕的事情
如今的我　如一个逃荒的难民
心无旁骛　摇晃着干瘪的执念
跌跌撞撞　去寻一藏身处即安

版　图

北京和徐州之间
距离七百千米　地图上只隔五指
没有到过的远　不知远的样子
只有到过的远　方知远在天边
我站在状似雄鸡的版图前　看了许久
陷入一种难以自拔的情绪　缠绵许久

在那个叫故乡的名字面前
在那个叫乡愁的名字面前
我们　是如此热情而卑微
一听到乡音　就卑躬屈膝
一见到故人　就喜笑颜开

我们是一群流浪的孩子
在一场告别故乡的暴风雪中走失
远在远方的风　吹拂山岚
也抚慰我们寂寥的心
我们各自分隔几地
终其一生不停漂泊
终日捧起藏于内心的东西

故乡很小　就装在我们的心里
地图太大　比天辽阔比海深邃
当初　这一群人离家的轨迹
山河苍茫　地图上杳无印记
这么多年　积攒的思乡之苦
说不清楚　哪些痛　已结痂
哪些痛原本就长在心里　永远都抹不去

归乡吟

昔我往矣　杨柳依依
今我来思　雨雪霏霏
穷生之地　生斯乡梓
游子之吟　故土难离
独在异乡　漂为异客
少小离家　春华秋实
盼归不归　形单影只
远戍之人　心常系之

卉木萋萋　白露苍苍
山野葱葱　河水泱泱
于此初长　去意彷徨

一草一木　终老难忘
挥泪沾襟　从此一别
我行其野　奋而求索
诸事维艰　岁月蹉跎
颠沛流离　聚少离多
今逢清明　行道迟迟
薄言还归　我心匪石
莫知我哀　归期无期
空自伤情　当恸哭之
三月仲春　风清月明
今夜无眠　忧心忡忡
二十余载　我独居忧
思乡归乡　我独不休

二月　春风等我

立春　是在料峭的二月
人间　顿时一万顷空阔
吹拂了一个冬天的寒风
大声地念诵立春的旨意
巡游着江山苍茫与辽阔
这是暮冬最后的一场风
从此　冬风　归途迢迢
而春风到达　只是一步
风向风　互道一声珍重

二月　时令的气浪
正在雨水节气漫涨

雨和水　一对没有走散的亲人

隆冬冰雪开始向水转变

大地覆盖汩汩温热气息

春的二月　春的三月

满目葱郁　灯影婆娑

新芽有声　清泉明澈

那场风　彻底把寒带走

最先孕育的风变暖　变柔

一场场春风正浩浩荡荡启程

我在初春的十字路口　等风

我和春风有缘

从不制造不期而遇

风　知道人生的秘密

而我活在风的四季里

我在自己的一页江山

在这已不寒冷的季节

为每一次深情等候

写下炙热的诗句

二月春风　我在等你

三月春风　你在渡我